Andando Pela Floresta

Walking through the Jungle

Illustrated by Debbie Harter

Portuguese translation by Emilia Fonseca

Andando pela floresta,

Walking through the jungle,

Andando Pela Floresta

Walking through the Jungle

Mantra Lingua
Global House
303 Ballards Lane
London N12 8NP
www.mantralingua.com

First published in Great Britain in 1997 by Barefoot Books Ltd
First dual language edition published in 2001 by Mantra Lingua
This edition published in 2016

Printed in Paola, Malta MP310716PB08168560

O que vês?

What do you see?

I think I see a lion, chasing after me.
Roar!
Ghee!

Eu penso que vejo um leão,
a perseguir-me.

Flutuando no oceano,

Floating on the ocean,

O que vês?

What do you see?

I think I see a whale, chasing after me.

Penso que vejo uma baleia,
a perseguir-me.

A escalar as montanhas,

Climbing in the mountains,

O que vês?

What do you see?

I think I see a wolf, chasing after me.
Howl!
Auuu!

Penso que vejo um lobo,
a perseguir-me.

Nadando no rio,

Swimming in the river,

O que vês?

What do you see?

I think I see a crocodile, chasing after me,
Snap!
Trap!

Penso que vejo um crocodilo,
a persequir-me.

Explorando no deserto,

Trekking in the desert,

O que vês?

What do you see?

I think I see a snake, chasing after me.
Hiss!
Sss!

Penso que vejo uma cobra,
a persequir-me.

Escorregando no icebergue,

Slipping on the iceberg,

O que vês?

What do you see?

I think I see a polar bear,
chasing after me.

Penso que vejo um urso polar,
a persequir-me.

Correndo para casa para jantar,
Running home for supper,

Onde estiveste?

Where have you been?

Dei a volta ao mundo e voltei,

I've been around the world and back,

E adivinhem o que vi.

And guess what I have seen.